Träume aus Licht

Wunsch-Bilder

1. Auflage 1998

Vertrieb: Edition AMADIS, Besselstraße 13, 10969 Berlin
Tel. 030 / 251 22 35 Fax 030 / 251 04 12
Repro: IMKO Press GmbH, Berlin
Satz: deutsch-türkischer fotosatz, Berlin
Druck: GAM-Media GmbH, Berlin
Printed in Germany
ISBN 3-929560-13-5

TRÄUME AUS LICHT

Wunsch-Bilder

Fotos und Texte:
Ingeborg Isken-Pistor

Wünschen
möchte ich dir
eine Blüte
mitten im Eis
des Winters –
wärmende
Sonne
und Stille
über
weiten Feldern –

einen tröstlichen Gedanken
der deine Seele erhellt
der Dunkel
und
Schwere
vertreibt
aus deinen Tagen –

ein Wort für dich
wenn dich
die Einsamkeit
bedrängt
und
das Schweigen
um dich her –

Ein Zeichen
der Liebe
wünsche ich dir
an dem du
das Glück erkennst
zu leben

in diesem Augenblick

Halten und trösten
möchte ich dich
wenn du den Boden
unter den Füßen verlierst
wenn dir
dein Leben
aus den Händen gleitet
wenn deine Zeit
nicht stehen bleiben will
und dir die Jahre
durch die Finger rinnen –

stärken und trösten
möchte ich dich
wenn Trauer
dich erdrückt
wenn Krankheit
dich verstört
und
Schwäche dich
hilflos werden läßt –

aufrichten und trösten
möchte ich dich –

und

Glück sein
dem
der Freude braucht

Die Angst
hat kalte Hände
frostig erstarrte Sinne
und
ein dunkel bebendes Herz

Die Angst
hat keine Stimme
vereinsamt stummes Flehen
nur
ein zitternd furchtsames Herz

Die Angst
hat in allem noch Hoffnung
Wünsche
Träume
und Wagnis
und
ein mutig tapferes Herz

Eine Melodie
die dein Herz
wieder
singen läßt –

ein Licht
das zurückstrahlt
in
tausend
Kristallen –

eine Zärtlichkeit
die dich
erreicht –

was suche ich
was will ich mehr
für
dich?

Krankheitstage

weit ab vom Leben
so nah dem Sterben
letztem Verlassensein

Krankheitsnächte

e i n Stern noch
am Himmel
nur Stille und Dunkel
und
menschliches Leid

Genesungszeiten

ein Hoffen
ein Wünschen
Erfüllung von Träumen
ein Leben auf Zeit

Für dich
möchte ich
die richtigen
Worte finden
und
das richtige
Schweigen
das helfende
Hören
und
tröstendes
Umarmen –

Für dich
möchte ich es finden
erstes Blühen
nach langer
kalter Zeit –

daß deine Augen
wieder lachen
und
deine Seele
atmen kann

Wenigstens
in Gedanken
möchte ich
fliehen können
an einen Ort
der mir Heimat ist

ein kleines Stück
dieser Erde
wo die Luft
vertrauter ist
und ich leichter atme

wo ich
den Duft
des Frühlings
kenne
und
die Hitze
des Sommers
die Fruchtbarkeit
des Herbstes
weite
unendliche
Winterstille

fliehen
möchte ich
manchmal
an einen
vertrauten Ort

Ohne Zeit und Ende
denke ich meine Tage
und
plane mein Tun
ich lenke mein Leben
und
werde gelebt

Ohne Zeit und Ende
wünsche ich meine Freude
den Dank
die Zufriedenheit
die schaffende Kraft

Ohne Zeit und Ende
erscheint mir mein Leben
in Ängsten
in Trauer
in Erfüllung
und Glück

Ohne Zeit und Ende
erbitte ich mein Dasein
geliebt
und
umhüllt
von schützender Hand

Doch Zeit und Ende
sind meine Tage
getaucht in Nähe
bewahrt in Angst

Immer wieder einmal
möchte ich
ihn gehen dürfen –
einen glücklichen Weg
zwischen
Blüten und Farben
Duft und Licht –
einen Weg
der sein Ende
nicht ahnen
nicht fürchten läßt –
das zu schnelle Ende
einer
überwältigenden Freude
eines
sonnenüberstrahlten Tages
einer Liebe
die den anderen
erträgt
ihn hält
und
schützt –

einen
glücklichen Weg
möchte ich gehen

ohne Ende

Ich spreche zu dir
von Zuneigung

und meine doch
Neues
ganz anderes
und noch viel mehr –

ich wende mich dir zu
und sehe dich mit wachen Augen
deine Stimme ist mir
unverwechselbar vertraut –

dir neige ich mich zu
bedingungslos vertrauend
in wortlos
tiefem Verbundensein
unfaßbar und doch wahr –

ich ersehne mir
deine Zuneigung
und
finde alles:
Wärme in deinen Augen
Umarmung in deinen Worten
Verläßlichkeit
in deinem Tun –

Wie ein heller
Sommertag
am See
so sollen
meine Wünsche
für dich sein –
eingetaucht
in strahlendes Licht
und
überflutende Wärme –

daß du widerstehen kannst
und nicht verzweifelst
an fremder
übergroßer Macht –

daß du ihn fühlst
den weichen Sommerwind
in deinem Gesicht
und hörst
auf das leise Schlagen
der Wellen
am Ufer –

daß der Friede
dieses Augenblicks
dich anrührt
wie
der Flügelschlag
eines Engels

Den Augenblick halten
fest
mit beiden Händen
daß er
nicht fliehen kann
untergehen
im rasenden Strudel
der Zeit –

Ich wünschte
ich könnte
ihn zwingen
manchmal
diesen so kleinen Teil
meiner Zeit –
mit dem Herzen
vor allem –
in Gedanken
und Empfindungen
mit offenen Sinnen –

Und doch
bleibt nur
ein Erinnern
vielleicht –
tastendes Sprechen
ein Halten
mit leichten Händen
und
leises
wärmendes
Glücklichsein
für mich –

Wir bauen Brücken
von Ufer
zu Ufer
und hoffen inständig
daß sie uns tragen

Wir bauen Brücken
von Mensch
zu Menschen
und fürchten so oft nur
zuviel zu wagen

Wir bauen Brücken
in Jahr
und Jahren
und sehen staunend
wieviel sie doch tragen

Sonnen – Lichter
Farben – Spiele
Blumen – Zauber
Lebens – Land

Abend – Dämmerung
Lichter – Ketten
Sternen – Himmel
Wolken – Wand

Morgen – Stille
Nebel – Schwaden
Sonnen – Schimmer
Freundes – Land

Wie Sommer und Winter
sind meine Tage –
wechselnd immer
in ihrem Zeitlauf –
gegensätzlich
in Kälte
und
lösender Wärme
in Dunkelheit
und
verschwenderischem Licht –
in klirrender Erstarrung
und flirrender Hitze
bunt leuchtender
Heiterkeit
und Trauer
grau nebelnd
und kalt –

Wie Sommer und Winter
ersehne ich meine Tage –
sich ergänzend
nicht zerstörend
behutsam verbindend
heilend
und lindernd
und nur
dem Leben
verwandt –

Mein Schweigen
wird
Sprache des Herzens
befreiendes Atmen der Seele
Geborgenheit
und
Glück –

Mein Schweigen
bedeutet
Heimkehr
nicht Einsamkeit
nicht Schwäche –
nur Leben
und
stärkende Kraft –

Mein Schweigen
sucht
deine Nähe
den Schutz deiner Gedanken
dein Erinnern –
sucht
deine bewahrende Macht –

Mein Schweigen
wirkt
klare Gedanken
löst Ängste –
Verzweiflung
wird Hoffnung

in gelassen
getröstetem Sein

*Leuchtende Blütensterne
lege ich in deine Hände –
daß du Neues wagst
wenn alles
verloren scheint
und
ohne Sinn –*

*daß du die Last erträgst
die auf dir liegt
und die Angst
die du nicht
abwenden kannst -*

*In deine Hände
lege ich
mein Zutrauen zu dir
mein Lieben
und
mein Danken
und
meinen Glauben
an dich
wenn du selbst
an dir zweifelst –*

*Leuchtende Blütensterne
möchte ich
in deine Hände legen
und
überwältigenden Trost
für dich
wenn du
ihn brauchst*

Ich sehe
die Schatten
in deinen Augen
die Verschlossenheit
deiner Gedanken
und spüre
dein zitterndes Herz –

vielleicht
daß der Tag kommt
und
endlich wieder
der Himmel
sich in deinen
Augen spiegelt –
tröstend
in seinen Farben
und
in seinem Licht

Ein Licht
habe ich
in deine Hände
gegeben –
eine wärmende
schimmernde Kugel
aus Licht

Helligkeit
und
Tröstung
für deine Seele –
Lebenslichtquelle
Wunschbild –
Begegnung
deiner und meiner
Gedanken
in großer Zuneigung
und
vollkommenem Vertrauen –

Ein Licht
habe ich
in deine Hände
gegeben –
Erinnerung
für dich
und
liebendes Gedenken
von mir
zu dir

Einmal nur
möchte ich
meine Hand
in deine Hände
legen –

vielleicht
daß du spürst
wie ich es meine
und
hörst
mein schweigendes
Danken

dafür
daß du bist

Alle Not dieser Welt
vor Augen
müßte es dir
in den Ohren liegen
mein Rufen
unaufhörlich
und doch
sein Ton bleibt ungehört

durchdringend müßte sie sein
meine Stimme
im Angesicht des Todes
des grausam sinnlosen Sterbens
der wehrlos erlittenen Schmerzen
der gleichgültig erstarrten Welt

gellend müßte sie
Herzen durchdringen
nie endenden Streit durchbrechen
meine Stimme
jede Angst zersprengend
die Lähmung unseres Mutes
und
die Besessenheit der Macht

laut müßte es werden
mein Rufen
unüberhörbar
endlich
den Menschen verändernd
und
das Elend dieser Welt

Es läßt sich nicht tragen
alles Leid dieser Welt
selbst dann nicht
wenn wir es auch wollten –

wir können nicht enden
alle Not
Angst und Furcht
das Wenige
ist noch
zuviel für uns –

wir erträumen vergeblich
Gerechtigkeit und Mut
und fürchten
am Streit
zu zerbrechen –

wir fragen
ohne Antwort
für unsere Welt
und
suchen oft
ohne zu finden –

immer neu
wird uns schrecken
Arroganz
Bosheit
Falsch
in wortlos
verstörtem Verlassensein –

nie wird wohl erlitten
aller Schmerz unserer Zeit
von dir nicht
und niemals von mir –

Immer wird es ertragen
das Leid dieser Welt
doch
sind wir getragen
in ihm –

Wenn ich es erahnte
mein Leben
würde ich es wollen –

wenn ich ihn wüßte
meinen Weg
würde ich ihn gehen –

wenn ich erkennen könnte
den Sinn
wäre ich glücklicher –

wenn ich auch änderte
mein Tun
wäre es wirksamer –

wenn ich es liebte
mein Sein
wäre es erfüllter?

Jahre ziehen Furchen
in mein Leben
zeichnen Linien
in mein Gesicht
und tiefe Spuren
in meine Seele –

mir aber ist
als sei mein Vorgestern
erst gestern gewesen
und
die verflogenen Jahre
wie ein eben
vergangener Tag –

Nicht nur ein Traum
ist mein Leben –
klar seh ich dich
ganz nah
vertraut
und nicht
durch Schleier
des Vergessens
durch Ferne
der zerronnenen Zeit –

Als wären meine Jahre
nur ein Tag gewesen
und
Zeit meines Lebens
wie ein
viel zu kurzer
Augenblick

Mit den Augen trinken
als gäbe es allein
die Schönheit dieser Welt –
Formen
und
Farben
vor allem
Dämmerung
Dunkelheiten
und Licht –

Die Seele
atmen lassen
im Schauen
in Zärtlichkeit
und Zuspruch
in wortlosem Verstehen
und
schützender Nähe –

All dies
zurückrufen können
in den Augenblick
der Gegenwart –
den Augenblick
der äußersten
Notwendigkeit –
Hilfe
für dich und mich

Einmal
werden wir sein
ein Blatt
zum Fallen
bestimmt
eine einzige
Traurigkeit
die nicht mehr
in diese Welt gehört –

Vielleicht aber
werden wir auch
im Frieden sein
dann
und
getröstet
im Ende

Dein Wort an mich
ein einziger Aufschrei
ein nicht Verstehen
ein Verwundetsein

dein Wort an mich
eine einzige Trauer
nur Schmerz
nur Verzweiflung
nur Verlassensein

dein Wort an mich
ein einziges Suchen
nach Halt
nach Nähe
und Getröstetsein

dein Wort an mich
ein Wünschen
ein Träumen
ein Sehnen nach Stille
und Gehaltensein

Dein Wort an mich
nur mutloses Hoffen?

Auch warten auf Wunder
auf Geborgensein!

Im Windschatten
möchte ich stehen
wenn die Stürme
rauher werden –
wenn mir das Leben
den Atem nimmt
und
mein Erleben
mich stumm
werden läßt –

Ich möchte
im Windschatten
stehen –
im Herzen
der Stürme –
in gelassen
ruhiger Geborgenheit
in Windstille
und
einem Hauch
Frieden

Du wolltest mir
ein Engel sein

behutsam und verstehend
stark und kraftvoll
zwischen
Himmel und Erde

und weißt nicht
wie oft
du es schon gewesen –

du wolltest bei mir sein
wie weit es auch wäre
zwischen dir und mir

und weißt nicht
wie oft
ich dir gedankt habe
wortlos
über alles Fremdsein
alle Zeit
und
alle Entfernung hinweg –

du wolltest mir
ein Engel sein

weißt du
daß du es bist?

Weil es sie gibt
die Wunder dieser Welt

werden wir schweigen
wo wir sprechen wollten
und
werden Worte finden
wo wir nicht
schweigen dürfen –

wir werden
lachen können
weil
unsere Fröhlichkeit
gebraucht wird
und
ein Lächeln finden
wo Hoffnung
nötig ist –

wir werden
Tränen haben
für unsere Mittrauer
und setzen
entschlossene Kraft
gegen
angstvolle Mutlosigkeit –

Wir hören nicht auf
zu träumen –
weil es sie gibt
die Wunder dieser Welt

Weitere Bücher der Autorin

Spuren von Licht
Gedanken-Bilder

Getaucht in Licht
Bilder-Gebete

Die Deutsche Bibliothek – CIP-Einheitsaufnahme

Isken-Pistor, Ingeborg:
Träume aus Licht : Fotos und Gedichte / Ingeborg Isken-Pistor. -
Berlin-Kreuzberg : Ed. Amadis, 1998
ISBN 3-929560-13-5